KB083459

붉은 나무

시와소금 시인선 · 089

# 붉은 나무

정주연 시집

시와소금

▌ 정주연 시인
• 2001년 평화신문 신춘문예에 시 「레퀴엠」 당선으로 등단.
• 시집으로 『그리워하는 사람들만이』 『하늘 시간표에 때가 이르면』 『선인장
  화분 속의 사랑』 등이 있음.
• 한국시인협회, 가톨릭문인회, 강원문인협회, 강원여성문학회, 춘천문인협회,
  표현시동인회, 삼악시동인회 회원.
• 강원문학작가상, 강원여성문학상 우수상 수상.
• 전자주소 : jy-june@hanmail.net

올해도 때늦은 가을
저 곱게 물든 단풍나무와 같았으면 하는
바램으로 네 번째 시집을 엮는다
일찌감치 노란 잎새를 훌훌 반쯤 떨어뜨린
계수나무의 홀가분한 마음이 되고 싶다고
옷소매를 털며 쓸쓸히 웃어 본다
내겐 너무 벅찬 힘겨운 한 해였다고
나에게 말을 걸어본다

쫓기는 시간 탓에
제대로 익히지도 선별하지도 못한
내 詩의 열매를 걱정하며
가·거·라, 떠나보내는 마음 허허롭다

이젠 깊은숨을 쉬면서
어수선한 마음을 정돈하고 싶다
나는 詩를 심고 가꾸는 농부가 되었으니까!

2018년 10월, 자향천리 뒤뜰에서
정 주 연

| 차례 |

| 시인의 말 |

## 제1부 저문 숲의 노래

## 제2부 저녁의 향기

## 제3부 생명의 지도

## 제4부 바다의 자명고

## 시인의 에스프리

제 1 부

저문 숲의 노래

# 달빛

11월 보름 달빛이
무서리 내린 하얀 들판을 휘돌아 와서는
지금 내 침상에 누워있다

새로 깔아 놓은 침대 시트가
그래도 누추하다고
자꾸만 깨끗해지라고
맑은 얼음 빛으로 세탁되어 있다
일순에 마음을 하얗게 우려내는
달빛의 표백력

달빛과 함께
신神과 함께 사뿐히
감히 손을 내밀 수 없는 외경스런 저 빛의 근원
지금 내 방을 비추고 있다

## 부자 나무

오랜만에 멍멍이와 함께 나선 산책길
은행나무 고갯길이 유달리 노랗고 환하다

저 나무에서 은행알을 쏟아낼 때는 보지 못 했는데
도로 바닥에 떨어진 조그만 알들이
자동차 바퀴에 터져 냄새가 진동할 때도 낌새를 몰랐었다
그런데 지저분한 흔적이 지워진 저물녘 도로 위에
수북수북 쌓인 황금빛의 주화들
바람도 없는데 제 무게를 못 이겨 계속 떨어져 내리고 있다

세상에나!
저 은행나무들은 돈 나무 이였나 보다
흩어져 터진 얼룩도
그 쿠린 냄새도 돈이 모이는 곳의 냄새와 닮았지 않은가?

때가 되면 아까울 것 없다고
저리 금화들을 쏟아내는
부자 나무

저 은행나무들이 내 유년의
산동네 고아원 마당에 심어졌으면 좋았겠다

# 가을비가 내리면

뜨거운 차茶와 외투
따뜻한 체온이 그리운 만추의 허공 속에
이젠 키 재기를 멈춘 나목들이 텅 빈 보도를 지키고 있다
까치집도 덩그러니 비어 있는 것 같다

회색 안개 커튼 사이로 산들은 능선을 지우고
가을 빗줄기 속에 나이만큼 늘어난
그리운 것들만 시린 손을 내밀고 있다

이런 날 교도소 문이 열리고
영화 속의 소년은 한 번도 본 적 없는 친지에게 맡겨져
그 밤 내 바람 속에 몸부림치며 떨고 있는
나무들을 바라보며
눈물로 흐려진 유리창에 뜻 모를 글씨를 쓰고 있었는데
누구도 모를 절박한 생의 시간들이
비 젖은 잔디밭 위로 지나가고 있나 보다

저 빗줄기를 따라가 보면 어느 곳에서

지금은 잊혀진 미망의 그 닫힌 창을 열어 볼 수 있을까?
가을비 내리는 이 저녁의 물음표
세상이 단단히 옷깃을 여미고
나무는 침묵 속에 가늘게 떨고 있다

# 붉은 나무

천년을 살아내고 죽어서도
썩지 않는 붉은 뼈

오래된 죽은 나무 밑동을 톱으로 자르려 했더니
완강히 버티며 톱날을 거부하는
돌처럼 단단한 나무 둥지

가을이 깊어지며 울타리 주목 나무들
빨간 열매들이 푸른 잎새 사이마다 오롱조롱 영롱하다
그 영혼이 얼마나 깊어지고
단단해 지면
저렇듯 붉은 루비 보석으로 열매를 맺는지

천 년의 눈물이 천 길의 마음 안에
켜켜이 쌓여 生生을 간직한 나무
살아 천 년 죽어 천 년의 단심이 얼마나 붉고 붉어서
그 이름마저 주목朱木
붉은 나무다

# 선명한 인장

아침 창문 밑으로
가을 찬비에 젖은 단풍잎들
어느 사이 저렇게 우수수 떨어져 쌓여 있는지
마른 손처럼 앙상한 육신이
빨갛다 못해 핏빛으로 제 사랑을 펴 보이고 있다

저 찬란한 종점은
찻잔 속의 그리움으로 익어 온 시간들
불 칼로 단련 받은 예리한 아픔들이
눈물 젖은 얼룩도 옹이도 다 씻기어
붉고 붉은 또 하나의 마지막 꽃 잔치를 열고 있다

제 색조를 살려내기까지
쏟고 쏟아 점점이 수놓은
단심의 자취 그 발자국들
한 생을 완성하고 떠나는 그 길 위에
젖었어도 빛나는 생의 선명한 인장
그분 보시기에 곱고 곱도다

# 비에 젖으면

가을이 깊어져
뒤뜰 호두나무는
마지막 남은 갈색 열매들을 여기저기
후두둑 떨어트려 놓고

단풍나무
새빨간 잎 새들이 비에 젖어
그 작은 얼굴이 영화 애수의 비비안리처럼
유독 애잔하고 처연하다
마른 손등 위에 또 하나 닮은꼴
티 없이 붉은 마른 잎을 올려 본다

먼 기억의 어느 골목에서
저렇게 홀로 비에 젖던 이름 없는 여인
그 붉었던 가슴이 생각난다
단풍잎도
여인도
비에 젖어 피처럼 붉어지면

저렇듯 지상에서 아름답게 빛나는 것일까?

가을이
비에 젖은 가을이 말없이 돌아서고 있다

# 저문 숲의 노래

냥이 녀석이 한사코 숨어드는
뒷산 숲이 궁금해 따라나선 오후
발자국을 따라 어디선가 낮게 깔려오는
첼로의 음색 속에
노란 나뭇잎들이 음표처럼 뚝뚝 떨어져 내리고 있다

무심코 바라본 낙엽 쌓인 오솔길 저쯤
겨울잠 준비에 들려는지
얼룩 뱀 한 마리 높은음자리표를 그리고 있다
첼리스트 김명민의 엘레지 악보가
이 숲속 바람에 날아들었는지
숲은 낮은 음조로 지긋이 첼로의 현을 긋고 있다

쓸쓸한 빈 산이려니 했는데
숲속엔 황금 빛살이 숨어들어
부챗살 무늬 허공 뒤에 붉은 얼굴을 가리 우고
나무들은 손을 내밀어
바람과 함께 화려한 이별의 군무를 추려는가 보다

이 숲속 동네에선 아무도 거짓말을 하지 않는다
변명하지도 않는다
그래도 들려오는 저 저문 숲의 노래
가만히 스미듯 차오르는 첼로와
가끔 끼어드는 얼후의 음조 속엔
묵언 중에도 신성한 음향이
세상의 마른 가슴을 어루만져 주고 있다

# 호두나무 이야기


알밤 추수가 겨우 마무리되고 나니
뒤따라 호두나무가 눈길을 잡는다
나무 밑으로 다가 가보니
열 서너 개의 호두알들이 눈에 띄기도 하고 발에 밟히기도 해
올려다본 나무는 기약도 없다는 듯
바싹 마른 가슴에 열매를 품고 지쳐 있다

지루하기도 하고 다행이기도 한 채
외출에서 돌아오자마자 수시로 드나들며 나무에게 눈길을 준다
삭풍이 흔들어 대도
늦가을 비가 온종일 눈물 바람을 해도
좀체 다 여문 열매를 품에 낀 채 털어내지 못하는
나무는 이제 기진해 있다

내게 도움을 청하는듯하지만 나도 호두나무를 닮아 있어서
그저 동병상린일 뿐이다
그래도 자고 나면 일정량의 호두알을
마른풀 속에 숨겨 놓고 나를 부른다

어느새 조력자가 된 내가 나무 아래 서성이길 달포쯤
드디어 마지막 열매를 다 떨구고
홀가분해진 호두나무가 한숨 돌리는 듯 어깨를 털고 있다
알타리 김장 무 손질에 바쁜 나도 비로소 허리를 펴본다

하늘이 푸르고 깊고 너무 맑다

## 정원 일기

그토록 짙푸르게 타오르더니
내내 그럴 줄만 알았더니
생은 참 속절없어
계수나무가 노랗더니 홀라당 옷을 벗는다
소나무 잎새도 절반은 가리가 되어 떨어져 눕고 있다

마로니에는 정수리부터
봉긋봉긋 마른 잎새가 솟아나
깃털을 고르는 듯하더니
푸드덕 이윽고 황금빛으로 긴 날개를 펴서 올린다
해마다 보아왔어도
저 장엄한 비상은 눈물겹다
무엇으로도 거둘 수 없는 푸른 기상 때문에
묵묵히 비천한 생의 날들을 견디어 내고

이제는 돌아가야 할 본향을 향해
마지막 남은 빛의 축제를 열고 있다
저문 날의 저 찬연한 빛

그 침묵하는 이마 위에
두 손을 모아 깊은 절을 드린다

## 낯선 동행자

아침잠에서 깨어
창밖의 기색을 슬쩍 살펴본다
아침 풍경은 뜻밖에 회색의 흐린 얼굴로 시무룩하다
나도 그만 다시 침대 속으로 무너지고 말았다

문득 어느 수도원 식당 앞의 빈 무덤 이야기가 생각난다
그 무덤은 아무도 묻힌 이가 없는 열린 무덤인데
수도사들이 식당을 오갈 때마다
죽음을 생각하고자 함이란다

계절이 11월로 접어들 때면
떠나보낸 이들과 함께 가끔 스치는 생각
왜 오늘 그것도 아침에
수도원의 빈 무덤이 떠오르는지

장미술의 유혹은 이제 시효가 지났다고
여름의 잔치는 끝났다고 말하는 걸까
다시 내다본 흐린 얼굴의 회색 아침 속으로 까마귀가 울고 간다

서둘러 이 낯선 숨은 동행자를 거부할 핑곗거리를 찾아
일어나 주방으로 간다

오늘은 나도 수도사의 눈으로
조용히 아침 밥상을 차려야 하나 보다

# 아버지의 골목길

봄눈이 녹아서
여름 빗물이 고여서
때론 하숫물이 넘쳐서
사철 질척이는 비탈길 돌아 개천 옆 골목길

꽁꽁 얼어붙은 길 위에
보송한 연탄재가 깔려있다
까만 밤을 하얗게 태운 연탄재가 상시 깔리는 길
단칸방 아랫목 냉골까지 데우지 못해
몇 번이나 뒤척이며 새운 밤

무엇이든 그저 미안하고 죄스럽기만 한
그 늙은 아버지의 다 타버린 푸석한 가슴인 양
남은 건 닳아빠지고 얇아진 오장육부를 힘겹게
어둑해진 골목길에 고르게 고르게 펴 놓고 있다

그 길을 밟고 학교로 회사로 걸어간
무심한 발길
따순 햇살이 오늘도 그 길을 환하게 비추고 있다

# 귀향

찬비가 내리더니 차가워진 거리
찬바람에 놀라
보도 위에 느긋이 쌓여 있던 낙엽들이
자동차마다 우루루 뒤따라 밀려들곤
차창을 노크하며 길을 묻고 있다

한살이를 마친
낙엽들은 저마다 품었던 색색의 단심을 접으며
이제 어디로 가야 하는지를
귀향의 길을 찾고 있다

며칠 전 독거노인 황 씨 할머니
매일 저녁마다 바삭하게 마른 낙엽이 되어
좁은 어깨가 시리다고 조용조용 떠시더니
본향으로 떠나셨다는데

멀리 보이는 할머니의 집 현관문은 닫혀 있었지만
그 저녁 몰려든 한 떼의 찬바람은 피할 수가 없으셨나 보다
귀향이 왜 이렇게 춥기만 할까요?

# 가을 일기

마로니에 나무
황금빛 풍요롭던 가을이
하룻밤 사이

정체 모를 바람의 재촉 때문인가?
홀라당 옷을 벗더니
붉은 손을 내밀던 낙엽들은 다 어디로 떠났을까?
나뭇잎 속으로 숨어들던 새들만
빈 가지 사이를 기웃대고 있다

준비 없이 떠난 가을인 듯
그 고단한 여정 빈 자리가 근심스럽다
원정園丁의 마음
어미의 마음
우주의 마음이
고요히 저녁 밥상 위 수저를 들고 있다

제 2 부
저녁의 향기

# 봄날은 간다

내리네
비 내리네
꽃비 내리네

하룻밤 새 무슨 비밀 회담이 있었을까
눈웃음 그리 화사하고 설레 이더니
하마 연분홍의 신비
야속하게도 그 베일이 내려지는지
꽃이 지고 있다

꽃잎이 난 분분
꽃비 내려 쌓이는데
그 봄빛 아쉬운 흔적을 남기고는

한 시절 봄날은 간다
봄날은 간다

# 어깨 얇은 여자

꿀이 많아서일까
유난히 짙은 아카시아 향내가
눈부신 오월 봄날을 꼼짝 못 하도록 마비시켜
콧속으로 꿀이 흐르는 듯
꿀 향기에 흠뻑 젖은 날

오랜만에 밥집 식탁에 마주 앉은키 큰 친구 그녀는
어깨가 많이 얇아져 있다
앙상한 어깨 언저리에 봄 아지랑인 듯
촉촉한 새벽안개인 듯 어렴풋이 내려앉은
그러나 가볍지 않은 중량의 저 외로움

향내를 닮은 알싸한 전류 한 줄기
내 빈약한 가슴을 타고 내린다
거부할 수 없는 세월의 상흔을 그저 담담히 품어 안은
저 속 깊고 꼿꼿한 침묵을
헐렁한 티셔츠 속에 넉넉히 숨긴 채
가늘어진 눈매로 짓는 해 맑은 미소

투명인간으로 가만히 그녀의 얇은 어깨를 안아주면서 생각하네
어깨가 얇아진 사람들은 다 면죄부를 주고 싶다
무조건 등 뒤로 돌아가 아무도 모르게 지그시 안아주리라고

집으로 돌아오는 발길마다
세상 가득한 꿀 향기의 후광 뒤 우두커니 스민
얇은 어깨의 그림자에 나는 졸지에 당황한다

## 나비의 꿈

어느 꿈길에서 날아왔을까
새하얀 나비 한 마리
젖은 꽃잎에 앉아 있다

가늘게 더듬이를 떨고 있는
종이처럼 얇은 저 나비의 생生
지난해 새끼들을 잃은 어미 냥이의 생이나
시름겹기는 마찬가지라고
지긋이 먼 낙타의 시간을 바라본다

지난至難한 생의 심연을 장님으로 건너게 하는
깃털처럼 가벼운 나비의 파문
여린 새싹의 체온에 스민 따사로운 눈물
그 습기처럼

봄빛 속에
모든 것에 모든 것이 되어주는
구만리를 찾아 헤매었을지도 모를

외경畏敬스런

저 가여운 나비의 꿈

## 꽃을 두고는

찬비가 내리고
봄날 저녁이 저물고 있다
어스름이 짙어질수록 하얗게 하얗게 떠올라
도드라지는 벚꽃의 실루엣
그 작은 얼굴 미소의 그림자는
바람이 스산할수록 더욱 사무치게 빈 가슴에 스며온다

"꽃 피면 연락해"
해마다 꽃을 두고 나누는
이웃 도시 친구와의 아름다운 약속을
이 봄도 지키지 못할 것 같다

아직 꽃눈이 팥알만 하니 천천히 눈 뜨겠지 했는데
엄지손톱만 해지고
어느 시각 하룻밤 새 팡팡 터져 올라서는
연분홍 팝콘으로 아침 햇살을 점령하더니
시간의 눈금을 일격에 무력화시킨다

그 환한 묘령의 미소에 감전되어 버리면
나는 아무 일도 할 수가 없어지고 만다
꽃과의 약속은 흐르는 시냇물에 써 보는 글씨처럼 잡을 수가
건져 올리기 힘든 거예요
꽃을 두고는 약속을 지킬 수가 없네요

친구야, 꽃 피어 흐르는 봄날의 약속은
그저 그리움으로 대신하지요

## 꽃씨

이 봄이 다 가도록
꽃씨 뿌리는 걸 잊고 있었다
강변 까페 여주인이 선물한 꽃 같은 마음 한 조각

이름도 얼굴도 모르고
피어야 비로소 누구라는 걸 알 수 있는
미지의 신비로 종이봉투 속에 잠들어 있는데
봄도 기울고
내 메말라 타는 가슴에 뿌려본들 싹이 날까 심드렁하다가

빗소리에 꽃씨들 보채는 소리 사각사각
긴 손톱으로 내 짧은 잠을 긁어대는 바람에
그저 젖은 땅에 버리듯 뿌리며
꽃씨라고 다 정성으로만 싹이 트는 건 아니리라
나는 이 꽃씨의 어미가 되지 않고 지나가더라도

너는 생명이다 살아서 꽃 피우거라
비정한 내 손길이 슬퍼서 눈물 한 방울 보태주었다

깨알에서 눈이 뜨고 이 꽃씨가 자라나면
아마도 가장 찬란한 꽃을 피우지 않을까요?

지상에서 단 하나
찬란한 슬픔과 기쁨의 꽃
버려진 것들을 몰래 거두어 기르는
키탄잘리*의 손길로 피운 꽃이기에
너는 귀하고 그 오묘한 향기는

신이 즐기시는 회향일지니
꽃씨를 버리고 나는 알았네
이 뜻밖의 하늘 선물을

* 키탄질리 : A.타골의 시집(원정)

# 저녁의 향기

저녁해는 금병산 나무숲에 숨어들어
하늘을 붉은 바다로 물들이고
비탈길 아카시아가 살며시 향낭을 풀어 놓는 저녁
잡초를 뽑아 말끔해진 잔디밭에서는
냥이 녀석 한 쌍 느긋이 배를 깔고 앉아 있다

연못 둘레로 붓꽃이 피어
어느 먼 그리운 저녁으로 편지를 쓰고 있는지
지는 해와 뜨는 달 사이
언덕길로 연인들이 자전거를 타고 오른다
멍멍이를 데리고 어깨를 부딪치며
걸어가는 사람들의 따뜻한 그림자
저녁의 향기에 젖어 말이 없다

모란은 몰래 지고
작약 꽃이 피어 겹겹이 숨긴 단심을
지울 수 없다고
잊을 수 없다고 가슴을 여는

이름 없는 저녁

꿀벌처럼 꽃가루 향을 잔뜩 묻힌
늦은 오월 저녁 바람이
코끝을 간지럽히며 오고 간다

# 봄은 가벼워지는 것

'

멍멍이와 함께한 산책길
킁킁대는 강아지 녀석을 따라 무심이 내려다본
눈 쌓인 잔디밭 밑에서
가만가만 실눈을 뜨고 있는 봄씨앗들이
촉촉이 젖어 있다

죽은듯해 만져보니 단단한 생의 중심이
'천만에요' 하고 손끝을 찌른다
어느새 벚나무 가지 사이로 도톰해진 망울들이
간지럽다고 살금살금
나무 밑 보도블록 위에 잔 솜털들이 송송 떨어져 있다

산빛을 살피지 않아도
여기저기서 봄의 신호 분주하다
괜히 혼자 무안해진 뒷덜미를 털어본다
나도 이제 그만 무거운 겨울코트를 벗어야겠다

아, 봄은 가벼워지는 것
일순에 세상의 무게가 봄눈처럼 녹아내리고 있다

# 봄눈

봄눈이 내린다
봄눈은 가벼워서일까?
어디에도 쌓이지를 않네
꽃잎으로 자욱이 내려와
이내 눈물로 녹아드는
첫 이별의 흰 손수건으로 날리는 봄 눈꽃들

저 눈물이 스며들면
머지않아 노란 복수초 꽃망울로 다시 피어나겠지
모든 눈물은 그냥 사라지는 게 아니라
몽을몽을 산수유
양지바른 언덕배기 제비꽃으로
소복 입은 목련꽃으로
저마다 현란한 색채로 피어나겠지

그 신비의 언어
저 비밀이 세상 가득 아지랑이로 피어오른다
오늘, 이 향기로 가득 배가 부르다

# 추수

내가 미처 눈을 뜨기 전에
앞산 뒷산은 언제나 한발 먼저 깨어 있다가
부신 햇살을 열며 찡긋 눈인사를 한다

단풍나무도 은행나무도 아침 세수를 마치고
말끔한 얼굴로 여기저기 탈곡에 바쁜 모습들이다
이웃집 마당에는 들깨 털이가 시작이고
갈색 잎이 꺼멓게 마른 콩밭도 텅 비어 있다

해마다 찾아오는 맑고 푸른 가을 하늘 아래
시간은 화살처럼 바삐 떠나고 있다
나도 못지않게 바쁘긴 했었는데
딱히 추수할 것이 없는 것 같다

저 텅 비어 가는 들판처럼
그저 휑해지는 가슴 한쪽으로 고요 속의 은어隱語인 양
새들이 푸르르 날아오르고 있다

## 붓꽃

몇몇 생을 다시 돌아와도
꺼지지 않은 혼불인가
마당 가득 피어난 보라색 붓꽃 송이

사람들만 붉은 피를 내어 혈서를 쓰는 것이 아닌가 보다
어떤 님에게 다 못한 이야기
편지를 쓰려고
6월이 오면 정원 가득 아린 가슴을 베어내 쏟아진
푸른 잉크 수액을 꾹꾹 눌러
꽃대 속 천형의 그리움
편지를 쓰고 있다

바람 불어
떠날 때가 되면 켜켜이 접어둔 깨알 같은 사연
까맣게 마른 씨앗으로
가없는 푸른 하늘 구름 속에 후드득 촤르르
파종하는 소리 들린다

# 여름의 노래

삼복염천
무더위와 장마가 잠시 멈춘 날
창가에 앉았더니

생각지 않았던 개울물 소리가 불어나
콸콸콸 지축을 울리고 있다
일순 끝도 없을 것만 같던 긴 권태와 나태
게다가 종종 따라붙는 안개로 지친 심신을 씻어내 버리고
바람과 햇살을 고르는
두근두근 여름의 심장 소리
그 얼마나 내가 사랑하는 계절의 코러스인지
무희 이사도라 던컨처럼 맨발로 달려나가
랄라라 잔디밭에서 손뼉 치며 춤추고 싶다

내가 늙었다고? 천만에요
세상이 나를 모르는 소리지요
내 가슴 저 깊이에는
저렇게 음이온으로 출렁이는 계곡물 소리

더 바랄 것 없는 춤추는 여름날이 살고 있답니다
늙어온 세월만큼

내 생명의 뿌리
이 여름의 짙푸른 충만 그 노래는
저 계곡물로 넘쳐흘러
내 어머니가 나를 잉태한 기원으로
만고의 여름을 노래합니다
나는 내 생월生月에 죽어 소멸도 풍성하게
다시 바람으로 돌아가고 싶답니다

# 비름나물

옥수수밭 가장자리에
옹기종기 모여 있는 비름나물들
며칠 전에 순을 뜯어 맛있게 무쳐 먹었는데

장마 통에 다시 자라
무성하게 가지를 뻗고 튼실한 일가를 이루고 있다
새순이 자라나오는 족족
무참히 뜯어내며 잔인한 소행이라고 미안해했는데
그게 아니었다
그렇게 침략의 손이 올 때마다
비름나물은 더욱 강인한 방어력으로
상처의 자리마다 가지와 순을 돋아내곤
모진 생명력을 빛내고 있다
말없이 스스로 영토를 넓히는 굳센 그 모습

신이 내 교만과 무지의 순을 똑똑 따낼 때마다
앙앙불락했었는데
내 슬픔의 양식들이 헛되지 않아

살아 있는 동안
나도 저 비름나물처럼 존재의 보람을 맛볼 수 있을까요

하얀 나비 한 마리 팔랑팔랑 춤을 추고
이글이글 씽씽 대며
여름 한나절이 잘 익고 있다

# 밤의 정원에서

온갖 풀들의 세상이 된 요즘은
더위를 피해 늦은 밤에도 가로등 불빛으로
풀을 뽑고 있다
냇물 흐르는 소리를 들으며
시간을 멈춘 채 무성한 풀을 뽑고 있으면
세상 아무것도 부러울 게 없다
근심 걱정을 다 잊는다

상심 되었던 마음의 상처도
집요하게 파고들던 미움도
언제 그랬냐는 듯 멀어져 있다
곤궁한 삶을 견디게 하는 신묘한 위로자의 손길
그 약손 중의 약손
무욕한 노동의 지혜자가 말없이 함께하고 있다

단어로만 머물러 그렇게도 힘에 겹던 용서도
미운 이에게의 사랑도
이 시간엔 별문제가 없는 듯한데

세상에서 나처럼 미소하고 나약한 이에겐
꼭 필요한 도피처이고
든든한 지팡이인가 보다

생을 마치는 날에도
이 정원의 품에서 말 없는 말을 들었으면 좋겠다

# 돌나물

물로만 배를 채운 듯
여리고 도톰하고 도들한 돌나물

불과 이삼 년 사이
온갖 풀들이 다 제 자리를 차지하려고 치열한
영토 전쟁터인 이 넓은 정원에서
가장 넓은 영토를 차지한 것은
바랭이도 아니고 망초도 아닌
조그만 돌나물이다

그저 땅에 살짝 닿기만 하면 촘촘히 잎새를 엮어 퍼지는
가공할 생명력
나무 밑이든 잡초 사이든
뿌리도 미미한 것이 어느새 퍼지기 시작하면
웬만큼 큰 풀도 꼼짝없이 포위당하여
쇠약해지다가 결국은 자리를 내어 주고야 만다
손도 발도 아무것도 가진 것이 없으면서
소리소문없이 땅에 퍼져 드넓은 정원을 다 차지했다

다른 잡초가 살지 못하도록 네가 먼저 다 퍼져서
정원을 차지해 주렴 혼자 말을 건넸더니
그 약속을 충실히 지켜낸 돌나물!
가시덤불이나 억센 것들을 다 밀어낸
놀라운 승자의 모습
혹여 물의 마음을 남 먼저 배워서인가?
조그맣고 약한 것이 가히 생명의 달인이다
돌, 돌 돌나물

# 6월을 사랑하는 이유

6월이 무르익어
골목마다 담장엔 덩굴장미가
새빨간 핏빛으로 타오르고
벚나무엔 벚찌도 까맣게 익었다

까치발을 돋우어 벚나무 팔목을 잡아 내리면
손가락이 먼저 검붉은 과즙으로 흥건해진다
달콤 쌉쌀한 벚찌 맛의 유혹은
왠지 내 생월의 피비린내를 숨기고 있는 것 같다
불과 물의 숨은 전쟁이 보인다

녹음 속에 부푼 풍요만이 출렁대고
결핍을 모르는 이 계절
속 깊이에는 선혈의 전쟁이 눈 뜨고 있다
생의 절정을 은유하는 6월의 노래 속에서
쿵쿵 뛰노는 저 심장 소리
하오의 햇살 아래 쏟아져 내리는 불꽃 화살들은

새 생명의 탄생을 예고하는
핏빛 전쟁의 서곡임을
나의 본성은 이 전쟁을 사랑한다고
두근두근 6월이 빠른 템포로 속살대고 있다

## 날것들의 호신술

늦장마인지
쌍둥이 태풍이 지나간 후유증 때문인지
밤새도록 비가 쏟아지더니 호우경보가 내렸다

붕붕대며 집안까지 날아들어 배회를 일삼던 말벌들도
전등불만 비취면 어느 틈새로 들어왔는지
아침마다 시신을 쓸어낸 하루살이 날벌레들이 뚝 끊어 졌다
이 폭우 속에 날 것들은 다 어디에 숨어 날개를 보전하는지

산길 입구 울타리 판자에 대롱대롱 매달려 있던
망태 그물망같이 길쭉한 말벌집
그 집은 무사한지
악수로 쏟아진 비가 잠깐 멈춘 사이
안부를 물어온 친구처럼
나도 종일 그 집 안부가 궁금하다

안전하지 못한 집에서 속수무책으로 빗물에 갇혀
난을 당하고 있을 목숨의 비명과 한숨이

그 막막한 외로움이 눈에 밟혀 뒤척이는 밤
내가 이제 늙은 사람인 것이 왜 이렇게 안도가 되는지
한살이를 거의 다했다는 위로인가 보다

날것들의 호신술이 궁금하다

# 하얀 나비의 꿈결 속에

염소목장을 지나 뒷산 입구 길로 접어들 때면
흐린 날도 맑은 날도
팔랑팔랑 무도회의 권유인 듯 날아오르고 내리는
하얀 나비 떼

마치 나는 너를 안다는 듯 반갑다는 듯
내 앞뒤를 싸고돌며
파라솔 안까지 들어와 동행을 재촉한다

흰 나비는 어떤 사람들의 영혼이라는데
나를 반기는 듯한 이 나비들은
누구의 혼령들인지
어째서 이 산길 입구 들판에서만 살고 있는지
새하얀 날갯짓을 볼 때마다
신비로운 몽환에 젖게 된다

이슬 내린 아침 산책길
내 옷소매 자락은 촉촉이 젖는데

흰 나비들은 날개가 젖지 않는 것 같다
나비에게 물어본다

나의 시간은 얼마나 남았는지
지금 너의 꿈속에 내가 들어있는지 아니,
내 꿈속에 네가 날고 있는지를

제 3 부

생명의 지도

.

# 발견

잘 생긴 알밤을 고르다가 눈에 띈 흔적
단단한 표피를 물어뜯은 밤벌레의 이빨 자국
느리게 꿈틀댈 뿐
창자도 뼈도 없고 그저 통통하게만 보이는데

어디서 나온 가공할 힘으로
반질반질하고 단단한 밤껍질을 물어뜯어
흉터를 낼 수 있는지
보이지 않는 벌레 이빨의 외경스런 힘에 촉이 닿으며
혼자 웃어 본다

언제이던가
나도 감히 하늘에 계신 전지전능의 신神을 눈물로 물어뜯었었다
그 상처와 흉터는 내 비밀한 가슴속에 숨겨져 있지 않은가
밤벌레 때문에 다시 발견한
신묘한 생의 흔적들

# 달빛 테라스

밤 외출에서 돌아와
거실문을 열었더니
달빛이 빈집 테라스를 넘어와
유리문을 스르르 열어 놓았다

길쭉이 열린 문 앞에
바람도 손을 잡고 들어와
허락도 없이 홑이불 한 장을 펴 놓고
팔베개로 느긋이 누워있다

밤에도 하얀 길을 따라
원창리 고개 굽이를 넘으면
그 달빛 언덕엔 자동차도 없고 인적도 없다
호젓한 숲속에서
반딧불이가 날아오르며 혼자 놀고 있다

아름다운 침입자 달빛 테라스의 밤
개울가의 조약돌도

멍멍이 녀석도
세상이 모두 다 하얗게 달빛 물이 들었다

# 백합꽃이 피기까지

지는 해와 뜨는 달 사이
일순 정적에 들어 고요한
세상 황금빛들이 그만 날개를 접어
휴식에 깃드는 시간

식탁에 마주 앉은 결 고운 친구가 말했다
백합꽃이 왜 그리 도도한 줄을 알겠다고
백합百合이 맞아야 피는 꽃이기 때문이란다
맑은 찻잔의 온기가 내 가슴에 미세한 전류를 흘리더니
촛불 하나 불을 밝힌다

길고 짧은 백 가지 마음들을 어우러 합슴을 이루려면
얼마만큼의 지극함이 녹아들어야 했을까?
그 자각自刻의 피 흘림
징과 끌의 연장들이
그렇게 향 짙은 꽃으로 피어난 것이다

몇 해 전

뜰 안 척박한 땅 위에 키 작은 꽃대를 올려
흰 꽃을 피웠던 그 아침의 이슬방울은
비로소 꽃으로 피어난 백합의 눈물이었다

## 어머니의 아리랑

굽이굽이 첩첩 구절리 정선 가는 길
솔치재 아라리고개를 넘어가며
자동차 안에서 아리랑 노래자랑을 열었었다

한 노래한다고 우리가 기분을 내 부른 아리랑 곡조는
왠지 아리랑이 되지 않았다
그저 청만 좋았을 뿐 가곡도 민요도 아니었는데
맨 나중 부른 늙으신 어머니의 아리랑은 절창이 아니어도
가는 목소리가 조금 떨렸을 뿐 숨이 길어
산 구비를 넘어 넘어가듯 아득한 생의 한恨이 녹아든
진국이었다

세월의 역순으로
노래의 맛이 깊은 연유를 짚어보며
민족의 노래 그 가락의 의미가 가슴을 아리게 했다
그래서 아리랑이기도 한 걸까
아~ 리랑,  아리~ 랑
애달프고 척박한 삶을 실어 아우라지 강폭을 따라간 먼

발자국 소리
 그 영탄음 속에
 내 어머니의 어머니, 할머니의 할머니들의
 원願과 한恨의 혼이 깃든 아~리랑

 거문고처럼 가얏고처럼
 지금 내 가슴속 핏줄 몇 가닥을 텅~ 뜯어 울리고 있다

# 옥수수

심신이 지치고 우울한 날
저녁 산책에서 돌아와도 쓸쓸하기만 할 때
통유리창 앞에 편안히 자리하고

나는 저녁 식사 대용으로 찐 옥수수를 먹는다
이 일용할 옥수수 음식은
어린 시절부터 지금껏 과식해도 한 번도 물린 적 없다
내겐 변함없이 기쁨을 주는 해피푸드인 데
손주 녀석들은 어째 그다지 좋아하지 않는 것 같다

쫀득쫀득한 찰옥수수 알을 하모니카 불듯 베어 먹을 때면
아무 근심 걱정도 부족함도 없다
그저 즐겁고 힘이 나는 것만 같은데
어째서인지는 잘 모르겠다

유년의 날
툇마루에 걸터앉아 먼 산을 보며
가느다랗게 실눈을 뜨고 이런저런 가곡들을

하모니카로 불어대던 오라비들의 추억이
옥수수 알알이 박혀 있어서인지
그 성장기의 생명력이 아마도 고스란히 가지런한 이빨처럼
내 가슴 어딘가를 베어 물고
핏줄 속을 흐르고 있기 때문인지도 모른다고
어림짐작을 해보는

쓸쓸한 날의 행복한 저녁 식사

## 몽이는 어디에

뒷마당에서 만난
피골이 상접해 뱃가죽 늑골 자국이 그대로 드러난
갈색 냥이 한 마리
게다가 새끼를 품은 에미다

오래전에 한동안 몸부쳐 살던 고아 들냥이 새끼가 자라
어미가 되어 찾아온 것 같은데
서둘러 멍멍이 밥을 내주었더니
가끔 젖먹이를 데리고 살며시 현관에서 쉬다가는
소스라쳐 도망가는 모습이 딱해 말을 걸었다

"네 이름은 이제부터 몽이다, 몽몽이
내가 밥도 주고 물도 줄 테니 마음 놓고 여기서 살아라
절대로 해치지 않을 테니 도망가지 말고 예쁜 새끼도 좀 보여 주고
너도 내 옆 풀밭에서 쉬어라"했더니
돌아서 가던 냥이 어미가
나를 향해 고개를 돌려 빤히 쳐다보더니 조용히
그 자리에 누워 눈을 감는다

어머나, 쟤가 내 말을 알아듣다니!
그렇게 친구가 된 냥이 어미인데
근래 며칠 새 영산홍 나무 아래서 비명이 나고
황급히 튀어나오며 도망가는 모습이 두세 번 보이더니
이름을 불러도 보이지 않고 몽이도 새끼도 사라져 버렸다
대신 어제 아침 현관 의자 위에 행색이 멀쩡한 검정 어미 고양이가
저 닮은 새끼를 데리고 편안히 앉아 있다


몽이를 내쫓고 그 자리를 차지한 뻔뻔한 얄미운 O인데
순간 분노 폭발하려다 애써 모른 체하기로 했다
에구, 불쌍한 몽이는
이 불볕더위에 젖먹이 새끼를 데리고 어디에 있는지?
병약한 그 몸은 무사한지 가슴이 아픈 저녁이다

## 크로이첼 소나타*

그 모든 것은 이 음악의 영 때문이었다

아침 설거지를 하다가 불현듯 자동차를 몰고 집을 나섰던 조급증
조그만 라디오에서
숨 가쁘게 몰려나온 신묘한 선율의 첨예한 쟁투는
언어로는 도저히 불가능한
저 속 깊은 고요에서
미궁의 수면 위로 일순 쏟아져 내리는 빗방울처럼
현과 건반의 요기 어린 떨림과 유혹
비탈길로 내 달리는 신들린 활의 유희는
내 심연의 젖은 의상을 벗기며
광염의 위기 그 끝 모를 나락의 공포 속으로 내몰리고 있었다

부신 햇살의 춤에서
인적 없는 들판 언덕 저 너머
흐린 함박눈이 내린 아득한 세상 끝의 방황으로
먼 기차여행 어디쯤인가 멈출 수 없는 레일의 마찰음
그 찰나의 불꽃을 따라 뇌수로 빨려 들어온 어떤 선율의 비밀

불가사의한 악곡의 영, 그의 최면술 때문이었다

크로이첼 소나타


포즈드 느이* 그 때늦은 블랙홀의 비밀을 감히 알아야 할까?


* B. 베토벤 바이오린 9번 소나타
* L. 톨스토이 원작 소설 '크로이첼 소나타' 중 남자 주인공의 이름 러시아어 '때늦은'이란
  의미의 말.

# 소쩍새

잡초를 뽑는 저물녘
라디오에서는 폴트갈의 늙은 파두 여 가수가
숙명을 노래하고
뒷산에선 소쩍새가 아까부터 목이 쉬게 울고 있다

세상엔 어쩜 그리도 사연이 많은지
비밀도 슬픔도 곡조와 색깔은 다 다르다
소쩍새는 서쪽에서만 우는지
울음소리가 파두를 닮은 것 같다

어쩌다 일찍 나온 뻐꾸기가
종달새 둥지에 몰래 낳아 놓은 새끼의 안부를 물으려고
몇 번이나 탐색하며 울다 떠나고
파두와 소쩍새
행복하기만한 운명은 없다고
추억과 회한
서쪽의 슬픔을 노래하고 있다

파두, 파두
서쪽으로 흘러가는 인생의 애가
소쩍새가 저렇듯 명 파두 가수였는지를
나는 몰랐었네요

# 벙어리 손

— 정원 일기


봄날 저물녘의 정원
벚꽃 잎이 흩날려 오솔길이 하얗다
꽃망울이 통통하게 부푼 명자나무 가지들을
지난여름 무성히 타고 오른 가시 풀 덩굴이
미라처럼 죽은 몸을 칭칭 감고 있다


이마와 뺨을 긁히고 손을 찔린 줄도
어둠이 밀려든 것도 모른 채
그것들을 걷어내고 돌아와
따끔대는 손을 씻고 보니
잔가시가 박히고 긁힌 자국이 울긋불긋하다
환한 전등불 아래 비추어진 나의 손


내 몸의 지체 중
제일 많이 철이 들었고 깨우친 자
거짓을 모르고 당당한 이
사랑을 말로 하지 않은 가장 헌신적인 동지

은발이 늘어나고 허리선이 무너지고
나날이 얼굴이 늙어 가는 줄은 잘 알고 있었지만
또 하나의 다른 얼굴
그 손이 늙어 온 것은 그저 무심하였다
영락없이 마디 굵은 노동자의 손가락
힘줄이 늘어나고 탄력을 잃었다

어떤 반지를 끼어도 날씬하고 예쁘던 손
벙어리였던 두 손이 내 중심을 바라보며
주르륵 한줄기 눈물을 흘렸다
오늘 밤은 크림을 듬뿍 바르고 장갑을 끼워
소중히 안고 자야겠다

## 처서 전날

한낮의 중앙로
은행 문을 나오자마자
막바지 불볕더위가 숨을 턱 막는다

아스팔트가 기름집 찐득한 깻묵처럼
기름을 짜고 있는지
난데없이 고소한 참기름 냄새가 코끝을 스친다
누가 왕소금이라도 한 바가지 뿌렸나?
폭염이 타닥인다

반 고흐의 태양처럼
갑자기 생의 권태가
뜨겁게 종아리를 휘감아 오른다
밑 빠진 독에 물을 붓는 것만 같은
이유 없는 조갑증
이제부터 초록의 비탈길로 접어드는
그 부인의 가슴은 화롯불을 안는 것 같다

푹푹 쪄대는 살림살이
그만 눈앞이 아득하다
처서 전날
이 거리 그 풍경

# 생명의 지도

얼마 전 쓸개 빠진 여자가 되느라
나는 A병원에 입원해 있었다

병실 창밖으로
올림픽 대교 아래 유유히 흐르는 강물
가로등 밑으로 바삐 달려가는 도로 위 자동차들
수변공원에 세워진 하얀 시계탑이 내다보였다

어쩔 수 없이 어디에서 흘러들었는지도 모르는
온갖 독극물도 감싸 안고 흐르는 깊이 모를 강물과
줄지어 반짝이는 가로등
멈출 수 없는 속도로 밀려가는 자동차들의 모습
그것들을 적당한 높이에서 내려다보는 시계탑

그 생명의 지도가
그 저녁 나에게 말을 걸었다
쓸개라는 내 생명체 속의 전구가
가로등 하나처럼 꺼지는 모습을

시계탑의 묵언은
왜 그리 바삐 달려가려고만 했느냐고
강물만큼 네 생명의 깊이를 알고 있느냐
좀 멈추어 바라보기도 하라고
나를 A병원 입원실에 불러올렸단다

# 절벽 묘지

인가를 멀리 떠난 산속
깎아지른 바위 절벽 벼랑 위의 풍장風葬
사자死者들이 머물고 싶어 하는 명당이라고
필리핀의 까마득한 절벽 위에 빼곡히 매달려 있는 나무관들

I miss grand father!
대체 그리움이란 무엇일까
어디에서 흘러드는 수맥파일까
이미 죽은 이임에도 지울 수 없는 그리움에
집을 떠나 세상을 멀리 떠나
절벽 위 무덤을 돌보며 과일을 던져 올려 독수리 떼를 달래는
무덤지기 젊은 남자

독해진 마음이 아무리 냉정하고 싶어 해도
결코 가릴 수도 막을 수도 없는
영원한 젖내음일까
설혹 그 절벽에서 뛰어내린다 해도
다시 살아나 스며들 질기고 애달픈 그리움이란 긴 여정

세상에서의 사랑은 왜 그리도 채울 수가 없더란 말인가

그 허기와 외로움의 습기를

바람이 자비로 손잡아 어느 허공으로 흩어지기까지

그리워

그리운

그리움

그 곁에 내 가련한 삶의 절벽묘지

## 바라나시의 초상

바라나시
벌레처럼 우글대며 빵빵대는
인파를 뚫고 릭샤*는
일출의 갠지스 그 강가에 우리를 쏟아 내놓았다

삶과 죽음이 서로 만나 한 물에서 놀며 얼싸안는
그 성스러운 힌두의 성소는
과연 미美 추醜
성聖과 속俗이 다르지 않음을 보여 주려는 것인지
거리엔 먼지와 오물이 넘쳐 요리조리 변을 피하느라
걸음마다 한 눈을 팔 수 없는데

구원의 성수와
"원 돌라(달러) 원 돌라"의 때 묻은 손
새벽부터 강변은 화장터에서 피어오르는 흰 연기와
죄업을 씻는 벌거벗은 중생들의 소원
쪽배를 타고 꽃잎 속에 촛불을 넣어 띄우며
복을 기원하는 풍경들로 시끌벅적이다

저 멀리 수면 위로 떠오른 일출이 서서히 타오르며
그 모두를 비추고 있다

이 삶의 종합선물세트
갠지스는 만상의 거울이 되어 사람들을 이곳으로 부르는가 보다
엄지와 검지를 비벼대며 팁을 원하는 릭샤 꾼의 까만 손도
자비 적선을 청하는 빈자들의 오른손도
여기서는 부끄러운 일이 아니다

불구부정 부증불감 역부여시
도처에서 반야심경이 삶으로 뒤채이는 거대한 화엄의 세상
바라나시의 초상
비로소 힌두의 어머니 갠지스
그 강이 왜 성수인지를 알았다

* 인력거 종류의 명칭

## 망고 속의 물고기

황금빛 달콤한 열대과일
나는 망고를 좋아한다

저녁 식사 후식으로 저며낸
향기로운 망고 살을 베어 물면
행복한 단물이 마음 밭으로도 주르르 흘러내리는데
참 묘한 일이다

어떻게 망고 과육 깊은 곳에서
노란 지느러미를 세운 싱싱한 물고기
그 모습이 꼭 예쁜 노랑 열대어를 닮았는지
망고를 다 핥아 먹고 씨앗을 볼 때마다 신기하다

망고나무의 본향은 어디인지
나무의 어떤 그리움이 열매 속에 새겨 넣은 유전자일까
아니면 망고의 전생을 말해 주고픔일까

망고 속에든 물고기 형상 씨앗 외피엔

어떤 신비의 현의가 숨어있을 것만 같은데
그 노랑 열대어의 수수께기가 지금 다시 궁금하다

## 광인지도

검푸른 늑대와 개의 시간
집으로 돌아오는 자동차 갈림길

갑자기 보도 위를 비틀대며 깔리듯 날아들어
종잡을 수 없는 춤을 추는지
아님, 만취해 울부짖으며 하소연을 하는지
바람에 운명을 맡긴 구겨진 대형지도 한 장
어두워진 도로 위에선 그 표정을 읽을 수가 없다

길을 찾지 못하는 지도
평생 길을 찾는 소명에 충실했던 그가
한순간 버려져 접히고 구겨진 채
저렇듯 눈먼 광인으로
자동차 불빛마다 부딪혀 오르고 깔리는지

코앞으로 다가드는
난데없는 광인지도의 저항에 나는 적잖이 당황스러웠다
누가 어찌 달래 주어야 할까요

가깝지만 멀리 두고 온
광인으로 떠도는 구겨진 지도의 혼

# 고양이 키스

햇살 투명한 아침나절
긴 꼬리를 위로 치세운 갈색 냥이 한 마리
양지바른 창밑으로 걸어와 느긋이 앉으려 하고 있다

냥이는 내가 창문을 통해 저를 쳐다보는 걸 알지 못하다가
눈이 마주치자 소스라쳐 달아나려고 한다
내가 '야옹' 하고 부드럽게 부르자
슬쩍 뒤를 돌아 잠간 멈추더니
동그란 눈을 더욱 동그랗게 뜨고 기색을 살피듯 빤히 쳐다 본다
내가 지그시 두 눈을 두 번 감았다가 뜨며
고양이 키스를 보내자
믿을 수 없다는 듯 잠시 바라보더니 냥이도
답례로 동그란 눈 속에 갸름한 눈동자를 두 번 감았다 뜬다
키스 키스

고양이 키스는 격이 높고 매우 정신적이다
얼마나 점잖고 우아한 키스인가
냥이들의 세련된 몸가짐만 보아도

귀족들의 환생

그들이 높은 문화 수준의 등급 있는 동물임을 알 수 있겠다

# 봄날

큰길 건너
다리 건너
소 키우는 집 노 할머니
작년 겨울부터 경노당도 졸업하셨다고
가끔 깊이 굽은 허리를 우산 삼아
대문가에 나와 앉으셨더니

어제
봄밤 새벽녘에 소천 하셨다고 한다
툇마루에 쪼그려 앉아 어떤 날은 진종일
하염없이 돌담장 옆 나무 한 그루
눈에 넣어 두시는 듯하더니

저 하얀 목련꽃
나무 가득 환한 조등으로 걸어 놓으시고
아무도 몰래 잠드셨다

오는 봄만 눈부신 게 아니라

할머니, 그 가는 봄도 저리 찬란한
또 어떤 숨은 하루
꿈같은 생의 아침이라네

# 겨울맞이

동네 골목을 들어서자
싸아한 공기 속에
풍겨오던 싱싱한 김장 양념 냄새로 한동안
안온한 새 둥지에 깃을 내린 양
솔솔 삶의 향기가 연기처럼 피어올랐었다

어느새 모래시계 눈금이 다 기울어 대책도 없는데
또 겨울이 오려나 보다
그 아롱다롱하던 현란한 색채가 다 어디로 사라지고
온 세상이 흑과 백 무채색으로만 그리는 그림들
겨울은 나에게 언제나 버거운 숙제다

# 슈퍼 문

밤 미사를 마치고 집으로 돌아오는 길
무심코 내다본 차창 밖으로
난데없이 마주친 크고 환한 얼굴
내 자동차를 따라오고 있다

한발 앞서 속도를 더하며
급히 따라오는 밝고 둥근 얼굴은
모퉁이 길에서 숨을 돌리더니
묻지도 않는데
'나 슈퍼 문이야'
'tv에 출연했는데 나 알지요?' 자기를 소개한다

어두운 길 얼핏 모자를 쓴 내가 젊은 여자인 줄 알았는지
줄곧 따라와서는
대문을 열고 차를 세우자
성큼 키 큰 겨울나무 가지 사이에 기대어 선다
두 세기를 건너 찾아온 블루문
거스를 수 없는 숙명으로

엊그제 밤 기약 없는 이별을 했다고
눈자위가 붉어진다

저렇게 밝고 환한 얼굴에도 눈물이 있다니

# 첫눈

아침에 일어나 보니
눈이 내려 세상이 하얗다

세상이 저마다의 형상대로
지난 계절 내내 푸르게 다지고 갈무리한
속내를 하얗게 들어내 놓았다

본래 겉과 속이 다르지 않다고 하더니
밤새 저 하얀 세상을 피워 올린 이들은
어디로 갔을까

키만 삐죽하던
어린 대나무는 누워 있고
전나무는 저대로 우뚝하고
소나무는 켜켜이 눈을 안고 말이 없다

이상도 하지
왜 세상의 아름다운 것들은 한결같이

스스로에 대해 말이 없는지

멍멍이 녀석만 이리저리 날뛰고
나는 말을 많이 하고 싶다

# 겨울 일기 · 1

아름다운 폭력
온 세상을 환각에 빠트렸던
폭설 뒤의 한파로 아직도 녹지 않은 눈이
넓은 뜰 가득 보이는 것 모두가
푹신한 눈 이불을 덮고 있다

그 백설 위로 어지러이 찍혀있는 발자국들
들고양이, 너구리, 떠돌이 개
이름 모를 누구
천사의 옷자락 일지라도
순백의 환상만으로는 살 수 없다고
밤새도록 고단하게 헤메인
짐승들의 민생고
아침마다 음식 쓰레기 그릇이 낭자하다

홀로 사는 이의 주방은 늘 깨끗해
어쩌다 던져 주는 부스러기 음식뿐
밤마다 찾아드는 이 손님들에게

대접할 게 없어 여간 미안하지 않다
종을 떠나
삶이란 모진 것이라
어스름 하얀 눈밭이 근심스럽다

# 겨울 일기 · 2

밤 동안
주방 보조베란다 유리 창문에는
유독 성애와 고드름이 날카롭다
손톱으로 긁어야만 직선으로 자리를 내주는
저 살벌한 빙심氷心을 보면
동장군은 아무래도 여인인 것 같다

그렇게 완강히 문이란 문은 다 잠그고
커튼까지 내려도
막무가내로 비쳐드는 햇살 한 줄기에 녹아들면
눈물처럼 사라지니

내 마음에도 이 겨울을 녹여줄
햇살 한 조각 그립다
어디엔가 쓰레기 더미 속에서
꽃이 피는 소리 듣고 싶다

# 눈사람

계속된 추위로
정원엔 제조 일자 미상의 눈사람이 아직도 누워있다
햇살이 퀭한 눈자위를 비출 때마다
이목구비를 지우고
두 눈만 뻥 하게 동굴처럼 파여 있다
눈사람은 지금 기로에 서 있다
희망이 해체되어 더 이상 바라볼 곳이 없다

어디선가 저 모습을 본 것 같아 다시 한번 쳐다본다
내 안 어느 골목에도
저렇게 일어서지 못하고 누워 버리는 눈사람이 있다고
방안 가득 흘러든 아침 햇살이 알려 준다

물고기 비늘처럼 번쩍이며 펄떡대던 꿈과 무작정의 기쁨
그것들은 어디로 숨어 버렸을까?
오래도록 실종된 희망은 소식이 없고
눈사람은 말을 잊었나 보다

# 겨울 달

집으로 돌아오는 저녁 길

코발트블루의 허공 속에
모두가 외로워서 몽환처럼 따듯한
귤빛 헤드라이트로 길을 찾아가고 있다

자동차 안에는 음악의 강이 흐르고 있다
미명에 반짝이는 몰다우강* 은빛 물굽이를 넘나들며
아까부터 만월의 겨울 달이 뒤따라와
흰 이빨을 내보이며 싸아하게 웃고 있다

음악은 좁은 강폭을 지나 도도히 흘러넘쳐
어느 강기슭 가을로 가고
달빛은 낯선 겨울 들판을 지나고 있다

차가운 겨울 어둠 속에서
환하게 피어난 저 풀문(pool moon)
달의 꽃

둥글고 큼직한 얼굴이
또 한 경계의 시간을 넘어와

누구의 찬 손길을 잡아 보겠다고
이 저녁 겨울 길을 따라나선 시린 얼굴
겨울 달
가만히 핸들을 잡고 있는 달빛의 흰 손에서
찡하니 전해오는 그리움의 체온

* 스메타나 작곡 음악 곡명

# 하얀 손

아침잠에서 깨어
커튼을 열었더니
언제부터였는지 밤새 눈이 내려
정원의 나무들 모두 포근한 흰 옷을 입고 있다

이 겨울 들어 처음 내린 저 하얀 눈
그 첫 마음을 헤아려본다
뒷마당 호두나무 긴 가뭄 속에
오롱조롱 많이도 달린 열매를 키우느라
앙상히 메마른 품이 눈물겹다고
흥부 아들딸처럼 주렁주렁 열린
연못가 모과나무의 고생이 가상타고

지난 계절을 먼저 위로하고 토닥이는
천만 개의 하얀 손들이 하염없이 내려와 쌓이는 모습
아무래도
하늘엔 어머니가 계시는가 보다
그래서 첫눈엔 눈물 먼지를 닦아 주시는

어머니의 하얀 손수건이 나부끼고 있다

새해는 평안할 것만 같아
어머니, 살며시 불러본다

# 바다의 자명고

바닷가 하얀 집
외진 펜션에 사는 그 여자
좁은 가슴 어디선지 또다시 두둥~ 둥 둥
자명고가 운다

먼바다에서 몰려온 한 떼의 잿빛 파도가
흰 포말로 갈퀴를 세워 가슴을 때리고
어쩌다 고된 노동에도 잠 못 이루는 밤이면
소금기처럼 스며오는 그리움인지 외로움인지
자명고로 우는데

갈매기도 잠이 드는 밤
하릴없이 모래 언덕을 걷노라면
바람인 듯 안개 저쪽에서 스치는 미망의 그림자

바다 그 긴 베개 위에 귀 대이고 누우면
파도
모래알

물거품으로 스러져 가는
시간의 잠
그 코발트블루의 자장가

## 11월 아침

단풍 지는 가을 산은
지나온 계절 생의 찬가를 마무리하려는지
제각각의 악기들을 조율하는 음표들일까?

오골 오골 선홍색 마른 단풍잎들
샛노란 은행잎
달그락대는 갈잎들이
바람에 찍혀 이리저리 밀리고 있다

창문 넘어 스며드는 햇살의 미소가 유난히 따사로운 날
냥이네 식솔 네 마리
멍멍이도 마실 나온 친구 녀석과
아침 휴식에 들어 가늘게 실눈을 뜨고 있다
까마귀 몇 마리 전깃줄에 나란히 앉아서
물끄러미 내려다보는데

어디서 들려오는 노랫소리인지
상쾌한 음악의 날개를 타고

멧새들만 일제히 날아오른다
11월이 흐리고 춥기만 한 것은 아니라고
깃털처럼 따뜻한 둥지와 아늑한 품도 있다고
새들이 종종대며 말을 걸어온다

# 수문장

주차장 벚나무 밑 우편함 옆에
눈사람이 세워져 있다
나뭇가지 긴 팔을 깃발처럼 들어 올리고
윙크하듯 짝눈을 찡긋하고 있는 설인雪人

시집간 하나 딸이
방학이 되어 찾아온 손자 녀석들을 즐겁게 해주려고 만든 것이다
꼬마들의 눈싸움 성화 속에서도
말없이 눈을 굴려 다지는 딸의 뒷모습이
문득 진지하달까, 엄숙한 것도 같고
그냥 좀 유정했는데
왠지 몰랐다
뭔가 가벼운 그 무게를

왁자지껄 고사리손을 흔들며 떠나는
자동차 뒷꼭지를 배웅하고
다시 혼자로 돌아서는 발걸음에 걸린
거기 주차장 입구 떡하니 새로 부임해 온 키 작은 수문장 설인雪人

아, 이놈을 손자 녀석 아바타로 대신 세워 놓았구나

좀체 제 마음을 표현하지 않는 딸의 겨울 선물
이제 제법 어미의 어미가 되어 가려나 보다
금세 뜨끈한 눈물로 추운 가슴 한쪽이 데워진다

조간신문 보다 먼저 눈에 들어온
기특한 꼬마 설인 머리통 위에
서설瑞雪이 펑펑 쏟아져 내리고 있다

겨울이 쌓일 때마다
내 정원엔 눈사람 수문장 수도 늘어나 쌓일 것이다

# 겨울 산책길

1
오정이 다 되어도
유리알처럼 맑기만 한 얼굴
겨울 햇살은 냉정하다

산책길 숲속으로는
여전히 계곡물 소리가 낭랑한데
외딴집
조그만 삽살강아지가 저도 외롭다며
손을 저어도 졸랑졸랑 따라오다가 멍하니 멈추어 서 있다
그 모습이 점이 되어 점점 멀어져 간다

2
눈 쌓인 언덕구비 너머로
눈꼬리 쌩한 바람이 마른 갈대의 귓불을 스치더니
송곳처럼 뺨을 찌른다
오늘의 산책길은
얼음 미녀와 동행하는 것처럼

서로가 말이 없는데

미련도 아쉬움도 다 떨어버린
장년의 은행나무들
뒤돌아보는 여운이
양치질을 끝낸 후처럼 개운하다

흙에 묻히고
바람에 쌓여
흔적 없이 숨어있는 것들과 함께
오늘도 말없이 걷기만 했다

# 겨울 시계

진종일 겨울비가 울고 있다
흐린 운무 속에 가린 대룡산은 굳게 입을 닫은 채
긴 침묵에 잠겨있고
당초무늬 베란다 난간엔
조롱조롱 물방울이 맺혀
조카딸의 수정 귀고리처럼 찰랑대는데

아까부터 철 지난 거미 한 마리 겨울잠에서 깨어
외줄을 타고 있다
어떤 절명의 근심이 있기에 저 거미는
미열에 노곤한 내 머리 속을 서성이는지
차가운 유리창에 이마를 대어 본다

눈 길 머문 꽃밭에도 철 지난 겨울장미 한 송이
그 가지 밑 낙엽더미 속에 든
소복한 단풍나무 싹들
어쩌다 변덕 심한 내 울증의 겨울시계 속에 들어와 있는지

하늘도 땅도 딱히 눈 줄 곳이 없어
난감해 지기만 하는
비 내리는 오후
흐린 겨울날

## 바람 위의 집

키다리 아카시아 나뭇가지 위
농구공만 한 둥그런 까치집
실바람에 흔들흔들 그네를 타는
아기까치의 요람

비가 내려도
눈이 쌓여도
저 공중 위의 집은
끄떡없이 대를 이어가고 있는데
벽돌로 지은 지상의 내 집은
몇 번이나 바람에 흔들려왔던가?

가벼운 것들은 살아남아 씨앗을 기르고
무거운 것들은 무너져 버리는가 보다
누가 하찮은 까치집이라 할 것인가?

앙상한 나뭇가지 위에서
이런들 어떠하고

저러면 어떠냐고
가난한 마음은 보배라고 노래하는
저 푸른 하늘이 지은 집
가볍게 설렁설렁 춤을 추는
바람 위의 집

# 초대

이름도 모르는
하얀 꽃나무들이 6월의 문을 활짝 열어 놓고 있다
바라보니 그냥 텅 비어 있기에
내 발걸음도 따라 다 비인 채
꽃의 문을 열고 들어가 보는데

흔적도
자취도 없는 향그러움의 손짓
꽃의 부름에는 이유가 없다
귀천도
구별도 없는 무아의 초대
그 짧은 순간의 황홀한 불리움에
전율하는 내 영혼
나도 꽃이 되어 그대를 초대하고 싶다

그리운 사람
멀리서 뻐꾸기만 울고 갑니다

| 시인의 에스프리 |

# 詩를 위한 변명

정 주 연

# 詩를 위한 변명

## 정 주 연

길고도 짧은 생의 모든 것.

그것이 무엇이든 간에 사람은 옷을 입는 동물이니만큼 진부하지만 언젠가 한 번쯤은 고백과 변명의 시간이 있어야 하지 않을까?

그동안 내 시의 부끄러운 궤적을 더듬어 보고자 한다.

내가 봄내 인으로 입성할 때 크게 구분해 보면 나는 내 생의 2장이 끝나고 다음 3장의 커튼이 열리는 시기였다고 생각된다.

서툴기 짝이 없던 홀로서기의 시간, 그때 시(詩)가 내게 손짓을 해왔다. 지금은 아닌 것 같지만 그땐 너무 늦은 나이였다는 생각과 자탄 그 파생으로 하여 그저 소심과 망설임의 첫걸음이었다. 마치 친구들이 학교를 마치고 하교하는 시간에 혼자 등교하는 난처한 학생처럼 그런 느낌…. 그도 그럴 것이 나는 평소 일기나 편지 한 장도 쓰지 않던 시인까지는 생각도 하지 않던 사람이었으니 문단에 무지하고 그 생리에 당황스럽고 유치찬란한 기대감으로 상처받은 시단(詩壇)에서는 없이 여기는 아줌마 부대의 일원이었을 뿐이었는데….

그래도 글을 쓰는 일은 즐거워 옛날 하나 딸의 새내기 대학 시절 인문학 과제물 리포트를 밤새 써주고 새벽에 찻물 끓는 소리를 들으며 뿌듯한 성취감에 행복했던 기억의 글쓰기는 신선한 즐거움이었다.

그 후로 까마득 편지 한 장도 안 쓰던 나에게 봄내 촌의 봄은, 만발한 복사꽃은, 무심의 강물은, 내게 잃어버린 나의 봄날을 찾게 해주었다. 시(詩)라는 이름으로.

어느 날 아침 넓은 베란다 창문 가득 밀려드는 햇살 속에서 나는 불현듯 알게 되었다. 아! 내 안에 노래가 있었구나. 눈물과 한숨이 변하여 터져 나온 나의 기쁜 소리. 바람 따라 일렁이고 시냇물처럼 졸졸 흐르는 노래, 내 안에 잠자고 있던 천진무구의 어린아이에게 무조건 문을 열어주기로, 그 아이를 정성으로 기르기로, 비로소 내게 만해 한용운 선사의 님이 탄생케 된 것이었다.

나는 시(詩)에 대한 공부가 부족하고 아는 것이 별로 없는 부끄러운 시인이 되었으나 내게 떠나지 않는 생각은 공부에 대한 의문이다. 그리고 두려움이다.

나는 내 노래, 내 안의 샘에서 길어 올려 떠온 한 잔의 생수 나만의 것을 노래하고 싶을 뿐이기에 공부라는 걸 통해 "나"가 빠져나간 주체성의 상실이 두렵고 더구나 의지가 약한 내 천품으로 보아 누구인지도 모를 남의 시를 쓰게 되지는 않을까 하는 속 좁은 노파심 때문이다.

공부가 자산이고 자랑인 세상에서 참 한심하고 한참 덜떨어진 옹고집은 아닌지 모르겠으나 청소년기 남독으로 만난 헤르만 헤세의 모든 것은 네 안에 다 들어 있고 네 안의 탐구는 곧 세상의 탐구라는 의미의 생각들이 과히 나를 실망케 하지 않았음을 반추하며 옹색하게 굳어진 생각들이 나를 지배하고 있기 때문인 것 같다.

이렇다 할 교육도 받지 못한 시인 W.휘트먼의 시는 세상을 울리고 나를 감동 시킨다. 진정한 공부는 독학이라는 말에 공감한다. 좁은 소견으로 나는 무엇에게도 매어 있지 않는 자유로운 자연인인 나를 추구할 뿐이고 삶이 곧 나의 시(詩)라고 생각한다.

나에게 있어 시(詩)는 노래일진데 노래는 감흥이 일 때 그냥 입술에 실려 멋지게 맛나게 부르고 버리는 게 아닐까. 노래를 골방에 숨어서 머리를 쥐어짜며 한 편의 시를 짓기 위해 여러

날을 고민하며 쓰는 시(詩)가 나는 뭔가 이상하게 여겨진다. 프로가 쌓은 오만한 성곽(城廓)보다 나는 아마추어의 자유로운 락(樂)이 좋다. 그러나 나는 프로를 존경하고 존중한다. 고로 아마추어도 존중받아야 마땅하다. 부끄러움도 모르고 ㅉㅉ 질타를 받아도 어쩔 수가 없다.

내 詩는 그렇다. 나는 내가 쓴 시를 한 편도 제대로 외우거나 기억하지 못한다. 그저 기뻐서 슬퍼서 있는 그대로 노래 한 곡 불러 보는 것에 지나지 않는다.

내가 묻고 싶은 것은 시에 있어 진솔함, 진정성에 대한 시의 생명력이다. 그 진정성의 생명력이 결여된 시가 어떤 대접을 받게 되는지 나는 잘 알지 못하나 나는 삶이나 시(詩)나 이것이 나의 등불이자 지팡이로 바라볼 뿐이다.

내게 있어 시작(詩作)은 인간 안에 깃든 미지의 우주 탐험이자 신(神)의 사원(寺院)으로의 산책이며 인간사 희로애락의 공감이고 꾸미지 않은 존재 그대로이다. 그리고 자연에 대한 찬미와 헌사를 어떻게 여하히 은유와 상징의 짧은 노래로 진정을 다해 부를 수 있는지가 관건이다.

그런데 슬프게도 나의 천진한 어린아이 뮤즈는 조로하여 재미없는 어른이 되려 하고 내 시에선 어느새 운율이 사라졌다.

서툰 목소리지만 내 안의 철들지 않는 정직한 어린아이와의 만남과 교류를 위해 건배하고 싶다. 내 시(詩)를 위한 궁색한 변명이다.

**| 정주연 |**

정주연 시인은 2001년 평화신문 신춘문예에 시 「레퀴엠」 당선으로 등단하였다. 시집으로 『그리워하는 사람들 만이』, 『하늘 시간표에 때가 이르면』, 『선인장 화분속의 사랑』 등이 있다. 한국시인협회, 가톨릭문인회, 강원문인 협회, 강원여성문학회, 춘천문인협회, 표현시동인회, 삼악시동인회 회원이며, 강원문학작가상, 강원여성문학상 우수상을 수상했다.

시와소금 시인선 089

## 붉은 나무

ⓒ정주연, 2018, printed in Seoul, Korea

1판 1쇄 발행  2018년 11월 10일
지은이  정주연
펴낸이  임세한
책임편집  박해림
디자인  유재미 정지은

펴낸곳  시와소금
출판등록  2014년 1월 28일 제424호
발행처  강원 춘천시 충혼길20번길 4, 1층 (우-24436)
편집실  서울시 중구 퇴계로50길 43-7 (우-04618)
팩스겸용  (033)251-1195 / 휴대폰 010-5211-1195
이메일  sisogum@hanmail.net
ISBN 979-11-86550-82-3  03810

값 11,500원

강원문화재단
Gangwon Art & Culture Foundation
• 이 시집은 2018년 강원도 강원문화재단 문예진흥기금으로 발간하였습니다.